もうひとつのせかい Another world　　長田 真作 Shinsaku Nagata

物知りな人は、こう言った。
「私はこれまで　長い間をかけて　せかいのすべてを　調べました。
だから、せかいのすべてを知っています」

A learned person said:
" I've spent a lot of time studying this world.
Thus I know everything about it. "

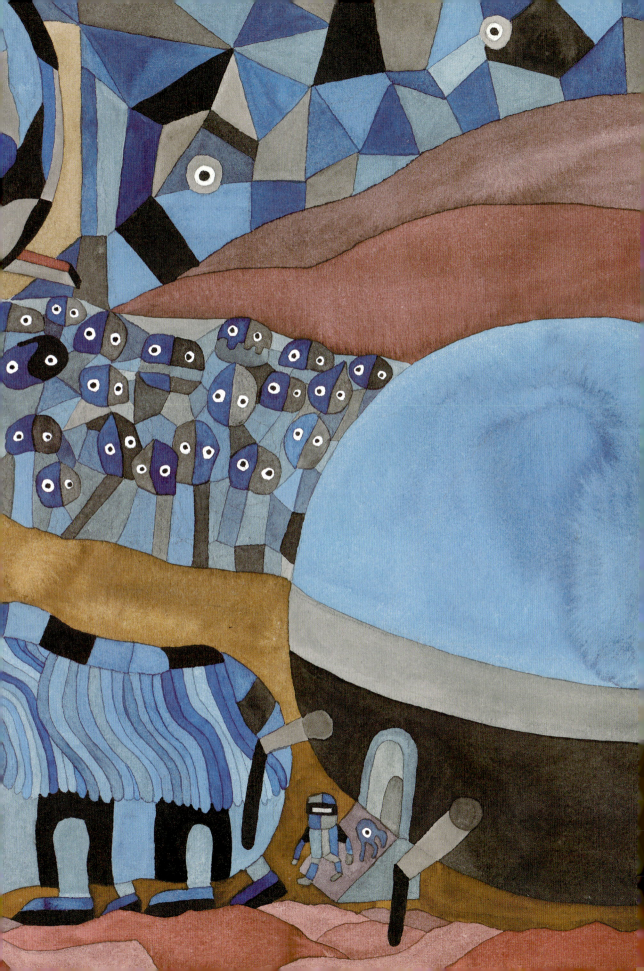

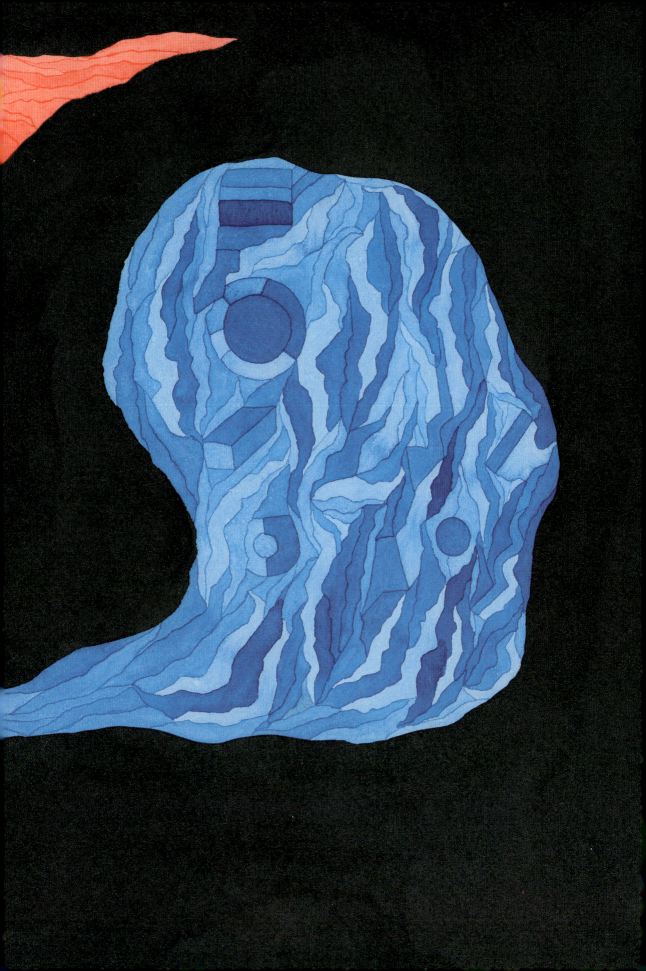

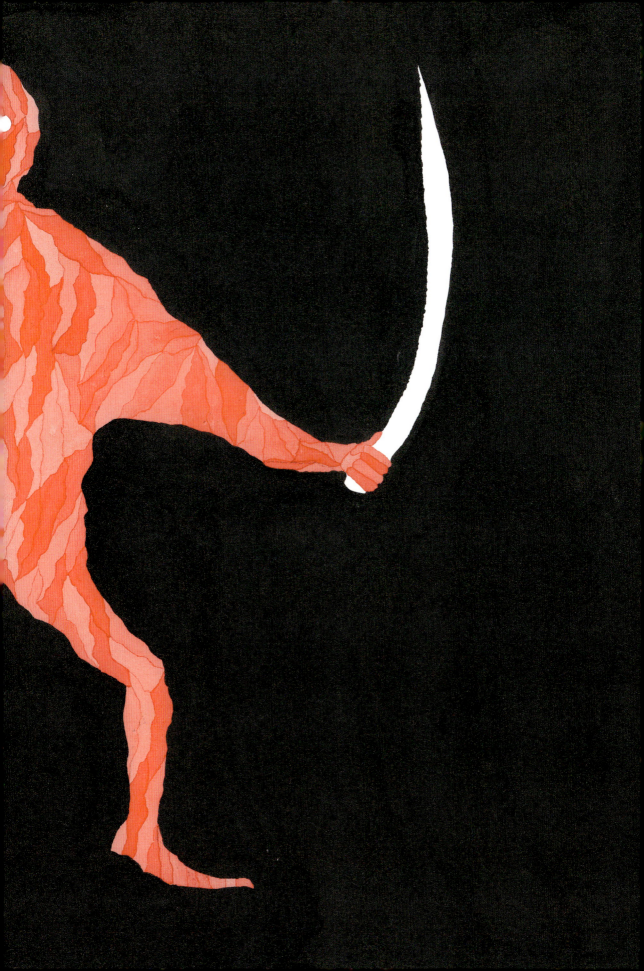

あとがき

そもそも　どこからどこまでを
せかい　と　呼ぶのだろう。

おそらく、いまこの時も
どこかで　何かがうごめいている。
それにつられて　違うどこかが
なにやら　うごめき始める。

するとさらに　また違うどこかが
いっせいに　たくさん集まって、
ワイワイガヤガヤ　騒ぎだす。
それは　どこか ───

いったい、せかいは　どこなのか。
どこかは　どこにあるのだろうか。

©Tim Gallo

長田 真作 Shinsaku Nagata
1989年12月11日生まれ
2014年より、独学で絵本の創作活動にはいる。
主な刊行は、「あおいカエル」(文・石井裕也) リトルモア
「タツノオトシゴ」PHP研究所
「かみをきってよ」岩崎書店　などがある。

英訳
ティム・ギャロ Tim Gallo
http://www.timgallo.com

デザイン
久保 頼三郎 Raizaburo Kubo
2003年より画家・塩澤文男に師事し、デザインを始める。

もうひとつのせかい　Another World　　長田真作
発行　2017年9月30日　初版第一刷

定価　1400円＋税
発行者　北川フラム
発行所　現代企画室
〒150-0031 東京都渋谷区桜丘町15-8高木ビル204
TEL：03-3461-5082／FAX：03-3461-5083
e-mail：gendai@jca.apc.org　HP：www.jca.apc.org/gendai/

デザイン　久保頼三郎（cutcloud）
印刷所　シナノ印刷株式会社
ISBN978-4-7738-1719-5 C0793 Y1400E
©Shinsaku Nagata, 2017
©Gendaikikakushitsu Publishers, 2017,
Printed in Japan

素直な人は、こう答えた。
「とんでもない、それは大きな勘違いです。せかいにはすべてなど あるわけがない。
そこらじゅう 分からないことだらけです」

「だから 面白いのです」

Honest person replied:
" Well, that is a ridiculous thing to say. How can you know everything.
Look, this world is full of mysteries. "
" That's why we're attracted to this world. "